Comentarios de los ni
Mary Pope Osborne, autora de la colección
"La casa del árbol".

*Si dejaras de escribir los libros de "La casa del
árbol", ¡¡¡me volvería loco!!!* —Anthony

*Jack me ha dado la idea de tener mi propio cuader-
no de notas.* —Reid K.

*Espero que escribas más libros de la serie. Le dan
magia a mi vida.* —Michell R.

Ahora tengo más ganas y ánimo de leer. ¡Gracias!
—Lydia K.

*Me gustan tus libros porque son muy emocionantes.
Me hacen sentir que viajo con Annie y Jack por todo
el mundo.* —Elizabeth C.

¡Gracias a ti, se ha disparado nuestra imaginación!
—Julie M.

*¡Tus libros me inspiran tanto que sólo quiero leer,
leer y leer!* —Eliza C.

*Leyendo tus libros tuve la idea de escribir mi propio
libro.* —Tyler

*Creo que tus libros son fantásticos. No me puedo
dormir sin leer uno de ellos.* —Leah Y.

¡Los bibliotecarios y los maestros también aman los libros de "La casa del árbol"!

Desde hace dos años tus aventuras son parte de nuestro día a día en la escuela. Cada clase, luego de leerles en voz alta a mis alumnos, elegimos a uno de ellos para que represente el rol de Annie o Jack, con mochila, lentes y cuaderno de notas. Así, trabajamos con material de todos tus libros y los niños siempre actúan cada situación. —L. Horist

Lo mejor que he hecho como docente ha sido llevar tu colección al aula. Annie y Jack han ayudado a nuestros alumnos a crecer como lectores de una manera increíble. —D. Boyd

Gracias por estos fabulosos libros. Verdaderamente, han encendido la chispa interna necesaria para estimular a los niños en la lectura. ¡Yo también los disfruto! —D. Chatwin

Para un docente es muy renovador contar con historias tan interesantes y llenas de información para motivar e incentivar el hábito de la lectura.
—R. Trump

Con tus libros, has creado una potente herramienta que estimula a los niños a aprender sobre lugares y hechos históricos. —L. George

Como maestra, adoro la sencillez con la que tus libros concuerdan con las actividades curriculares. Esta colección nos sirve de complemento para trabajar las unidades de Ciencias Naturales y Estudios Sociales. Tus historias brindan a mis alumnos la experiencia de vivir en otro lugar y en otra época sin que tengan que salir de su casa. —T. Gaussoin

Gracias a la rica variedad de escenarios que presentan tus libros, mis estudiantes tienen acceso a una invalorable fuente de información sobre historia y el mundo que los rodea, a veces, incluso sin que ellos lo adviertan. —L. Arnts

Me sorprende la facilidad con la que estos libros tientan a mis alumnos a querer seguir leyendo. —T. Lovelady

Queridos lectores:

El año pasado, mientras Will, mi esposo, y yo reuníamos material para nuestra Guía de Investigación sobre selvas tropicales para "La casa del árbol", visitamos el Zoológico del Bronx, en la ciudad de Nueva York. Al pasar cerca del área de los gorilas, vimos a un enorme ejemplar debajo de un árbol. Era un gorila hembra, que nos miraba atentamente. Cuando la saludamos, nos sacó la lengua. Estoy totalmente convencida de que trataba de hacernos reír. ¡Y lo logró! De hecho, aún lo hacemos cuando recordamos ese momento.

Más adelante, descubrimos que su nombre era Pattycake. Sobre mi escritorio tengo su fotografía, ella me hace sentir que es el espíritu gigante y amistoso que guía mi labor.

No podría describir con palabras todo el amor que siento por los gorilas. Y tengo la esperanza de que cuando terminen de leer "Buenos días, gorilas", ustedes también los amen tanto como yo.

Les desea lo mejor,

Mary Pope Osborne

Buenos días, gorilas

Mary Pope Osborne

Ilustrado por Sal Murdocca
Traducido por Marcela Brovelli

LECTORUM
PUBLICATIONS, INC.

Para el Dr. Michael Pope

BUENOS DÍAS, GORILAS

Spanish translation©2014 by Lectorum Publications, Inc.
Originally published in English under the title
GOOD MORNING, GORILLAS
Text copyright©2002 by Mary Pope Osborne
Illustrations copyright ©2002 by Sal Murdocca

ISBN 978-1-933032-93-1
Printed in the U.S.A
10 9 8 7 6 5 4 3 2 1

Library of Congress Cataloging-in-Publication Data
Osborne, Mary Pope.
  [Good Morning, Gorillas. Spanish]
  Buenos días, gorilas / por Mary Pope Osborne ; ilustrado por Sal Murdocca ; traducido por Marcela Brovelli.
    pages cm. -- (La casa del árbol ; #26)
  Originally published in English by Random House in 2002 under the title: Good Morning, Gorillas.
  Summary: The magic tree house takes Jack and Annie to an African rainforest, where the siblings encounter gorillas and learn to communicate with them.
  ISBN 978-1-933032-93-1
  [1. Gorilla--Fiction. 2. Human-animal communication--Fiction. 3. Time travel--Fiction. 4. Magic--Fiction. 5. Tree houses--Fiction. 6. Spanish language materials.] I. Murdocca, Sal, illustrator. II. Brovelli, Marcela, translator. III. Title.
  PZ73.O74517 2014
  [Fic]--dc23
                              2014004626

ÍNDICE

Prólogo

Un día de verano, en el bosque de Frog Creek, Pensilvania, apareció una misteriosa casa de madera en la copa de un árbol.

Jack, un niño de ocho años, y Annie, su hermana de siete, subieron a la pequeña casa. Cuando entraron se encontraron con un montón de libros.

Muy pronto, Annie y Jack descubrieron que la casa era mágica. En ella podían viajar a cualquier lugar. Sólo tenían que señalar el lugar en uno de los libros y pedir el deseo de llegar hasta allí. Mientras viajan, el tiempo se detiene en Frog Creek.

Con el tiempo, Annie y Jack descubren que la casa del árbol pertenece a Morgana le Fay, una bibliotecaria encantada de Camelot, el antiguo reino del Rey Arturo. Morgana viaja a través del tiempo y el espacio en busca de libros.

En los libros #5 al 8 de *La casa del árbol*, Annie y Jack ayudan a Morgana a liberarse de un hechizo. En los libros #9 al 12, resuelven cuatro antiguos acertijos y se convierten en Maestros Bibliotecarios.

En los libros #13 al 16, Annie y Jack rescatan cuatro historias antiguas antes de que se pierdan para siempre.

En los libros #17 al 20, Annie y Jack liberan de un hechizo a un pequeño y misterioso perro.

En los libros #21 al 24, Annie y Jack se encuentran con un nuevo desafío. Deben encontrar cuatro escritos especiales para que Morgana pueda salvar el reino de Camelot.

En los libros #25 al 28, Annie y Jack viajan en busca de cuatro tipos de magia especiales.

1

Oscuro y lluvioso

Clac, clac, clac.

Jack se sentó en la cama y miró su reloj. Eran las cinco de la mañana. La lluvia golpeaba el vidrio de la ventana. Afuera aún estaba oscuro.

Annie fue a la habitación de su hermano para echar un vistazo.

—¿Estás despierto? —susurró.

—Sí —respondió Jack.

—¿Ya estás listo para ir a buscar la magia especial? —preguntó Annie.

—Esperemos un poco más. Está tan oscuro y lluvioso —respondió Jack.

—¿Esperar? *Ni en broma.* Iré a buscar un paraguas. Tú, trae una linterna. Te veré abajo —dijo Annie.

—De acuerdo, de acuerdo —respondió Jack.

De un salto, salió de la cama. Se puso su ropa y una chaqueta. Y luego, agarró su mochila y una linterna.

Bajó sin hacer ruido y salió por la puerta principal de la casa. Annie estaba parada en el porche. Tenía puesto un pantalón vaquero y una camiseta. Afuera estaba frío y ventoso.

—¿No necesitas un abrigo, Annie? —preguntó Jack.

—No, estoy bien así. ¡Ya vámonos! —respondió ella.

Annie abrió el paraguas. Jack encendió la linterna. Ambos caminaron calle abajo, detrás del círculo de luz que los guiaba.

Mientras atravesaban el bosque de Frog

Creek, Jack alumbraba los árboles; las hojas húmedas y las ramas oscuras. De pronto, la luz de la linterna se posó sobre una escalera colgante.

Jack alumbró más arriba.

—Ahí está —dijo.

El círculo de luz había dado con la casa mágica del árbol.

—Morgana no está ahí —comentó Annie—. Lo sé.

—Tal vez nos dejó un mensaje —agregó Jack.

Se agarró de la escalera de soga y empezó a subir. Annie dejó el paraguas y siguió a su hermano. Al entrar, Jack alumbró el interior de la casa.

Morgana le Fay no estaba. Pero sí los rollos de pergamino que Annie y Jack habían traído de la vieja Inglaterra.

—Aquí está la prueba de que ayer encontramos una magia especial —dijo Annie.

—¡Sííí! La magia del *teatro* —agregó Jack, recordando su actuación en la obra de su amigo, William Shakespeare.

—¿Nos ha dejado Morgana una nueva rima secreta? —preguntó Jack.

Con su linterna enfocó un libro que estaba debajo de la ventana. Un trozo de papel se asomaba por entre las hojas.

—¡Sí! —exclamó Annie. Levantó el libro y agarró el papel.

Jack acercó la linterna. Annie leyó la nota en voz alta:

Queridos Annie y Jack:

Les deseo buena suerte en su segunda travesía, en busca de la magia especial. Esta rima secreta los guiará:

Para encontrar una magia especial

en mundos tan lejanos,
usa un lenguaje especial,
habla con el corazón y las manos.

Muchas gracias,

Morgana.

—¿A qué lenguaje se refiere? —preguntó Jack.

—Pronto lo descubriremos —respondió Annie—. ¿Adónde iremos esta vez?

Jack alumbró el libro. En la tapa se veían árboles enormes, cubiertos en parte por la niebla. El título decía:

SELVA TROPICAL AFRICANA

—¿Selva *tropical*? —preguntó Jack—. ¡Qué bueno que trajimos paraguas y una linterna! ¿Recuerdas la lluvia de la selva tropical del *Amazonas*? ¿Recuerdas qué oscuro estaba todo debajo de los árboles?

—¡Sí! ¿Recuerdas las arañas y las aterradoras hormigas? —preguntó Annie.

—Bueno…, no todas las selvas tropicales tienen los mismos insectos —agregó Jack.

—¿Te acuerdas de las serpientes del río? ¿Y de los cocodrilos? —insistió Annie.

—Bueno, no todas las selvas tropicales tienen ríos grandes. Algunas son muy diferentes —explicó Jack.

—Correcto —dijo Annie y señaló la tapa del libro—. ¡Deseamos ir a este lugar!

El viento comenzó a soplar.

—¡Oh!, ¿recuerdas al jaguar? ¿Y a los murciélagos? —preguntó Annie.

—¡Espera! —dijo Jack en voz alta.

Pero ya era demasiado tarde. El viento soplaba con más fuerza.

La casa del árbol comenzó a girar.

Más y más fuerte cada vez.

Después, todo quedó en silencio.

Un silencio absoluto.

2
Selva nublada

Jack abrió los ojos.

—No sé *qué tipo* de selva tropical es ésta —dijo Annie, mirando por la ventana.

Jack se asomó también. Al parecer, era de día pero no podía ver bien. La silenciosa selva estaba cubierta por la niebla.

Jack abrió el libro y se puso a leer:

A la selva tropical neblinosa, ubicada en las montañas de África central, se la conoce con el nombre de "selva nublada".

—¡Ah, ya lo sé! —dijo Annie—. Llegamos tan arriba que parece que estamos en las nubes.

—¡Genial! —exclamó Jack. Sacó su cuaderno y tomó nota:

selva nublada – selva tropical
en lo alto de las montañas

Luego, continuó leyendo:

La selva nublada africana se encuentra habitada por numerosos animales: elefantes, búfalos, leopardos negros...

Jack apartó la vista del libro.

—¿Leopardos negros? —dijo en voz baja.

—No te preocupes —agregó Annie.

Jack se aclaró la garganta y siguió leyendo:

...antílopes, cerdos salvajes y gorilas.

—*¿Gorilas?* —preguntó Annie.

—No te preocupes —dijo Jack.

—No estoy preocupada. *Adoro* a los gorilas —comentó Annie—. ¡Son maravillosos!

—No sé nada sobre ellos —dijo Jack, imaginando enormes gorilas, golpeándose el pecho—. Pero me gustaría estudiarlos para tomar nota de su comportamiento y de sus hábitos, como lo hacen los científicos.

—Lo que tú digas —dijo Annie—. ¡En marcha! ¡Ésta va a ser una aventura divertida! —Y comenzó a bajar por la escalera colgante.

Jack metió el cuaderno, el libro y la

linterna en su mochila. Se colgó el paraguas del hombro y siguió a su hermana.

Cuando pisaron tierra firme, Jack ya podía ver mejor. La niebla se había convertido en una ligera neblina.

Ambos comenzaron a avanzar por la selva nublada, observando árboles enormes cubiertos de musgo, altos arbustos y plantas de numerosas hojas.

—¡Caramba! ¡Mira *eso!* —dijo Annie, señalando un árbol de tronco muy gordo. Las ramas más bajas eran gruesas y estaban cubiertas por densas capas de musgo.

—Parece un sillón —dijo Annie.

—Sí —agregó Jack—. Tengo que dibujarlo.

Puso el paraguas en el suelo. Sacó la linterna de la mochila y la acomodó junto al paraguas. Luego, sacó el lápiz y el cuaderno.

Mientras Annie caminaba por allí, Jack comenzó a dibujar el árbol.

—¡Jack! ¡Ven aquí, rápido! —dijo ella, en tono muy bajo.

Jack agarró la mochila y, lentamente, se acercó a su hermana.

—¿Escuchas algo? —preguntó Annie.

Jack oyó que las ramas crujían.

¡Crac! ¡Crac!

"¿Un leopardo?", se preguntó.

Nervioso, Jack miró a su alrededor.

—¿Y si volvemos a la casa del árbol? —dijo—. Podríamos leer y aprender un poco más.

Annie no contestaba. Cuando Jack la miró, vio que su hermana tenía una sonrisa de oreja a oreja. Y los ojos fijos en los arbustos.

De pronto, Jack vio una cabeza pequeña y peluda que los espiaba desde una planta.

—¿*Bu, bu?* —preguntó la pequeña gorila.

3

Bu-bu

El pelaje de la pequeña gorila se veía mucho más negro junto a las hojas de color verde. La criatura tenía grandes orificios nasales y orejas pequeñas. Y ojos marrones y brillantes, llenos de picardía.

—*Bu, bu, bu* —decía sin parar—. *Bu, bu.*

—Hola, *bu, bu* —dijo Annie.

La traviesa gorila volvió a esconderse detrás de las hojas. Luego, asomó la cabeza.

—¿Dónde está Bu-bu? —preguntó Annie, con voz pícara.

Desde su escondite, la pequeña aplaudía y sacaba la lengua.

Annie y Jack reían al unísono.

—¡Bu, bu, bu! —balbuceaba la gorila. Luego, desapareció a saltos por la selva nublada.

—¡Eh, Bu-bu, no te vayas! —dijo Annie.

Jack enarcó las cejas.

—No la llames Bu-bu —dijo—. No tienes que...

—¡Espera, Bu-bu! —gritó Annie. Y salió corriendo detrás de la pequeña gorila.

—... hacer que cada animal sea tu mejor amigo —agregó Jack, sacudiendo la cabeza. Agarró el cuaderno e hizo una lista:

comportamiento gorila
juegan a las escondidas
aplauden
sacan la lengua

Mientras Jack escribía, oyó que su hermana se reía. Pero luego oyó unos potentes rugidos.

"*¿Un leopardo?*", se preguntó, casi sin aire.

Con el cuaderno en la mano, salió apresurado en dirección al rugido. De pronto, vio a su hermana y a la pequeña gorila agarradas de un árbol.

—¿Qué sucede? —preguntó Jack parado debajo del árbol.

—Nada, sólo estamos jugando —respondió Annie.

La pequeña criatura chilló otra vez. Se rascó la cabeza y empezó a hipar.

Annie *también* chilló. Se rascó la cabeza y simuló tener hipo.

Mientras su hermana y la pequeña salvaje jugaban, Jack siguió estudiando los movimientos del animal.

La pequeña gorila tenía la estatura de un niño de tres años. Tenía dedos parecidos a los de los humanos y también ¡uñas! Jack confeccionó una nueva lista:

gorila pequeño
estatura de niño de tres años
dedos parecidos a los de los humanos
¡tiene uñas!

Jack oyó que las hojas de los árboles se movían. Alzó la mirada y notó que Annie y la gorila habían trepado aún más arriba.

—¡Baja de ahí, Annie! ¡Podrías caerte! ¡Ven, está oscureciendo! —dijo Jack, en voz alta.

Luego, miró a su alrededor. La luz se extinguía con rapidez. *"¿Está anocheciendo? ¿O se aproxima una tormenta?"*, se preguntó.

La pequeña gorila chilló una vez más y trepó hacia lo alto.

—¡Eh, Bu-bu! ¿Adónde vas? —preguntó Annie, subiendo detrás de ella.

—Ya es suficiente, Annie. ¡Baja *ahora* mismo! ¡Hablo en serio! —insistió Jack.

Para tranquilidad de Jack, la pequeña salvaje se quedó quieta sobre una rama. Y Annie hizo lo mismo.

De pronto, la pequeña gorila arrancó un trozo de corteza y comenzó a masticarlo como si fuera un caramelo.

Annic arrancó un trozo de corteza y también comenzó a masticarlo.

La pequeña gorila arrojó al suelo su trozo de corteza, se agarró de una rama y saltó a otro árbol.

—¡No lo intentes, Annie! —gritó Jack. Pero era demasiado tarde.

Annie se inclinó hacia atrás. Se agarró de una rama y *trató* de hamacarse hasta el otro árbol.

Pero ella no sabía hacerlo como lo hacen los gorilas. Y se estrelló contra el suelo.

—¡Annieeee! —gritó Jack.

4

Pesadilla

Jack se arrodilló junto a su hermana. Annie casi no podía respirar.

La pequeña gorila bajó del árbol mordiéndose el labio, como si estuviera preocupada.

—¿Te encuentras bien, Annie? —preguntó Jack.

—Sí —respondió ella agitada—. Me quedé sin aire.

—Trata de mover los brazos y las piernas —sugirió Jack.

Annie comenzó a mover las extremidades.

suerte, no tienes nada roto ck.

En ese instante, una gota de agua le cayó sobre el brazo. La niebla se había convertido en lluvia.

—¡Oh, oh! —exclamó. Y, enseguida, metió el cuaderno en la mochila—.Va a ser mejor que vaya a buscar el paraguas y la linterna. Quedaron junto al árbol que parece un sillón.

—Voy contigo —dijo Annie, esforzándose por incorporarse.

—No, trata de recuperarte. Vengo enseguida —explicó Jack.

Se quitó la chaqueta y abrigó a su hermana.

—Así te mantendrás seca —dijo. Luego, agarró la mochila y se puso de pie.

La pequeña gorila continuó chillando.

—¡Quédate con Annie! —le dijo Jack.

Sin perder tiempo se internó en la selva

nublada. Buscó el árbol de tronco gordo con ramas gruesas cubiertas de musgo.

Mientras observaba todo en la creciente oscuridad, Jack encontraba *muchos* árboles de tronco gordo. Y demasiadas ramas cubiertas de musgo.

De pronto, ya no pudo distinguir ningún árbol. La noche y la tormenta habían llegado a la selva.

"Olvida el paraguas y la linterna", se dijo. Lo más importante era regresar con su hermana antes de que oscureciera demasiado. Juntos, podían esperar el amanecer.

Jack casi no podía ver. No sabía qué camino tomar.

—¡Annie! ¡Bu-bu! —gritó. Se sentía muy tonto gritando Bu-bu, pero no sabía de qué otra forma llamar a la pequeña gorila.

Jack extendió los brazos hacia adelante.

Avanzó despacio por la lluviosa y oscura selva, llamando a su hermana y a Bu-bu y tratando de escuchar una respuesta. Pero lo único que podía oír era el sonido de la lluvia.

—¡Ahh! —gritó Jack de pronto. Había chocado con algo que parecía una gran telaraña.

Cuando quiso retroceder, resbaló y cayó sobre el barro. Después, gateando, se acercó a un árbol y se refugió dentro de las enormes raíces.

"Me quedaré aquí hasta que amanezca. Después buscaré a Annie. O ella me buscará a mí", pensó.

Mientras la lluvia caía, Jack comenzó a preguntarse si los leopardos merodeaban en la noche. Pero ahuyentó ese pensamiento concentrándose en su hermana y en volver a casa.

Ya estaba realmente listo para regresar.

"¿Por qué Morgana nos habrá enviado a

la selva nublada?", se preguntó. Y trató de recordar la rima secreta.

"Para encontrar una magia especial....", repitió mentalmente. No podía recordar el resto. Se sentía cansado y abatido. Se quitó la mochila de la espalda, inclinó la cabeza hacia atrás y cerró los ojos para descansar.

"Para encontrar una magia especial...", balbuceó.

Pero no podía encontrar la magia. Ni siquiera podía encontrar las palabras para terminar la rima. Y, lo peor de todo, no podía encontrar a su hermana.

Su divertida aventura en la selva nublada se había convertido en una pesadilla.

5

Lomo plateado

Jack sintió que algo le tiraba de la camiseta. Abrió los ojos.

Bu-bu, la pequeña gorila, lo observaba bajo la luz del amanecer.

Jack se puso de pie. Tenía las piernas y los brazos rígidos y doloridos. La ropa húmeda se le había adherido al cuerpo.

En silencio, contempló la selva nublada. El sol, débil por la neblina, se abría paso por entre las ramas de los árboles.

—¿Dónde está Annie? —le preguntó a Bu-bu.

Ella lo saludó agitando los brazos y se alejó saltando de rama en rama. Jack agarró la mochila y siguió a la pequeña gorila.

La cabeza de Bu-bu aparecía y desaparecía entre las ramas, a medida que avanzaba guiando a Jack. Hasta que, finalmente, se detuvo frente a una hilera de arbustos.

—Oh, cielos —susurró Jack.

En un área abierta y cubierta de pasto, dormían unos animales enormes, de pelaje oscuro: *¡Gorilas!* Al menos, había diez de ellos, y de todos los tamaños. Algunos dormían con la boca hacia arriba. Otros, con la panza para abajo.

El más pequeño de todos dormía en el regazo de su madre. El más grande era un gigante de pelaje negro y plateado.

Jack sacó el libro de la mochila. Se detuvo en el capítulo sobre gorilas y se puso a leer:

Los gorilas de montaña viven en familias. El líder es un macho de grandes dimensiones, llamado *"lomo plateado"* debido a que el pelaje de dicha parte de su cuerpo presenta esa tonalidad. Los gorilas no cazan a otros animales. Se alimentan, principalmente, de la vegetación de la selva. Y se caracterizan por ser tímidos y amigables.

"Tímidos y amigables", repitió Jack para sí. Ésa era una buena noticia.

Una vez más, espió por entre los arbustos. Bu-bu balanceó los brazos en dirección a él. Estaba parada en el borde del claro de la selva, señalando algo que estaba en los pastizales altos.

¡Era Annie! ¡Estaba profundamente dormida sobre el pasto!

Jack no sabía qué hacer. Si la llamaba, los gorilas podían despertarse. Sólo le quedaba una opción. Tenía que acercarse en silencio hasta donde estaba ella.

Jack guardó el libro. Atravesó los arbustos y quedó al descubierto. El corazón le latía con fuerza. En ese momento, se concentró en las palabras del libro, *"tímidos y amigables"*.

Mientras avanzaba hacia su hermana, oyó un gruñido. El gorila gigante de lomo plateado abrió los ojos. Cuando vio a Jack, se incorporó.

Jack se detuvo.

El gorila lo fulminó con la mirada. *Este gigante no parecía ni tímido ni amigable.*

Jack vio una rama sobre el suelo y, por si acaso, la levantó.

Al ver esto, el gorila gruñó con fuerza y se puso de pie. El animal era *muy* alto y *muy robusto*.

Jack tiró la rama.

Bu-bu salió corriendo y se ocultó detrás de un árbol.

El gigante de lomo plateado volvió a
gruñir. Tenía brazos largos y peludos, que
llegaban al suelo. Mirando a Jack, avanzó
apoyándose sobre los nudillos hasta detenerse
frente a él.

Jack dio un paso hacia atrás.

El animal avanzó.

Jack retrocedió de nuevo.

El gorila continuó hacia adelante.

Jack siguió retrocediendo hasta que llegó al final del claro de la selva.

Pero el gran lomo plateado continuó avanzando. Luego, Jack tropezó con los arbustos y se topó con una gruesa pared de plantas.

El animal siguió avanzando pero Jack ya no podía retroceder.

—¡Ehhh, hola! —exclamó nervioso. Y alzó la mano. —Vengo en son de….

Antes de que Jack pudiera decir "paz", el enorme gorila enloqueció. Empezó a dar saltos y a chillar con furia.

Jack se agachó muerto de pánico.

El gorila siguió gruñendo. Agarró una rama y la sacudió salvajemente. Luego, siguió arrancando las hojas de los árboles.

Rechinó los dientes. Entrecerró las manos y empezó a golpearse el pecho.

"¡GRRAAHH!", gruñó. "¡GRRAAHH!".

Se puso en cuatro patas y corrió de lado a lado, en frente de Jack. Luego, se tiró con la panza hacia abajo y comenzó a golpear el suelo con las manos.

Jack huyó en cuatro patas. Se escondió detrás de un enorme árbol. Y se quedó allí, cubriéndose la cabeza con las manos.

Esperaba que el gorila maníaco lo encontrara y lo hiciera pedazos.

6

Buenos días, gorilas

De pronto, el gigante de lomo plateado se quedó quieto. Todo permaneció en silencio, un silencio sostenido.

Jack abrió los ojos y asomó la cabeza desde su escondite. El gorila estaba sentado en el suelo. Sus labios mostraban una leve sonrisa. Parecía estar satisfecho consigo mismo.

"¿Acaso todo fue una actuación?", se preguntó Jack.

Ya no sabía si tener miedo o reírse. ¡Lo único que *sí sabía* era que tenía que buscar a Annie!

Sacó el libro. Buscó el capítulo de gorilas y se puso a leer:

Para ver de cerca a los gorilas en su hábitat natural, es aconsejable actuar como si uno mismo fuera uno de ellos. Lo mejor es agacharse y apoyarse sobre los nudillos, tal como lo hacen los ejemplares de la especie. ¡Mantén la cabeza hacia abajo y actúa amigablemente!

Jack guardó el libro. Se colgó la mochila de la espalda. Y luego se puso en cuclillas.

Respiró profundamente y sonrió tratando de mostrarse amistoso. Apoyándose sobre los nudillos, salió de su escondite. Mientras avanzaba, sentía que le dolían los dedos.

El lomo plateado gruñó una vez más.

Jack siguió mirando hacia adelante y mantuvo la sonrisa mientras avanzaba gateando hacia el claro de la selva.

Cuando llegó al borde del claro, miró hacia atrás. El enorme gorila lo seguía con cara de enojado pero, al parecer, sin intención de atacar.

Jack continuó hacia adelante por el claro. Luego se detuvo.

Más gorilas habían comenzado a despertar. Uno de ellos, que era enorme, tenía a Bu-bu en su regazo, como si tratara de consolarla.

Cuando la pequeña gorila vio a Jack, chilló alegremente.

Los otros gorilas lo miraron nerviosos, emitiendo sonidos.

Jack sentía que el corazón se le salía del pecho. Pero continuó sonriendo y desplazándose alrededor de los gorilas para acercarse a Annie.

—¡Despierta! —dijo sacudiendo a su hermana.

Annie bostezó y abrió los ojos.

—¡Oh, hola! —respondió.

—¿Te encuentras bien? —preguntó Jack.

—Sí, claro —contestó Annie. Cuando miró a su alrededor, los ojos se le salieron de las órbitas.

Los gorilas los miraban fijo a los dos, con ojos penetrantes. La mirada del gorila de lomo plateado era la más dura.

—¡Oh, increíble! ¡Buenos días, gorilas! —dijo Annie con una sonrisa de oreja a oreja.

7

Comer afuera

Annie no podía dejar de mirar a los gorilas.

—¡Increíble, increíble! —repitió.

—¿No te diste cuenta de que dormías junto a ellos? —preguntó Jack.

—¡No! —respondió ella—. Como tú no regresabas, Bu-bu me trajo aquí. Estaba tan oscuro que no se podía ver nada.

Bu-bu bajó del regazo de su madre y corrió hacia Annie. Se sentó sobre las rodillas de ella y la abrazó.

Otro gorila pequeño dejó a su madre y también corrió hacia Annie. Éste tenía la estatura de un niño de dos años.

—¡Ho, ho! —dijo, y le dio un golpe juguetón a Annie.

—¡Holaaa! ¿Ho-ho es tu nombre? —preguntó ella.

Y empezó a hacerles cosquillas a él y a Bu-bu. Los dos pequeños gorilas cayeron de espaldas al suelo, chillando risueños.

Las madres de ambos también reían.

—*Huh, huh, huh* —decían.

Jack se sentía un poco celoso. Él también quería simpatizar con los gorilas. Pero no sabía cómo hacer para jugar con ellos. Así que suspiró resignado, sacó el cuaderno de la mochila y continuó con la lista sobre el "comportamiento gorila":

los gorilas ríen con las cosquillas

De repente, Jack oyó un gruñido suave.

El gorila de lomo plateado estaba más cerca de él. Y lo miraba fijo.

—¡El grandote no entiende lo que haces, Jack! —gritó Annie—. Nunca ha visto a alguien escribiendo.

Jack guardó su cuaderno rápidamente.

El gorila, enojado, volvió con su familia gruñendo.

Los demás gorilas comenzaron a colocarse en fila detrás de él. El bebé viajaba en los brazos de su madre. Ho-ho, sobre la espalda de su mamá. Bu-bu y Annie iban tomadas de la mano. Así, todos abandonaron el claro de la selva.

—¡Andando! ¡Nos vamos con Grandote y su pandilla! —gritó Annie.

Jack sacudió la cabeza.

—Creo que *no* quieren que yo vaya con ellos —dijo.

Bu-bu chilló mirando a Jack y le ofreció su mano libre.

—¡Bu-bu quiere que vengas! —agregó Annie.

Jack sonrió tímidamente y se agarró de la mano cálida y pequeña de Bu-bu. Luego, todos se fueron del claro.

En su marcha por la selva nublada, los gorilas encontraban alimento a cada paso. Masticaban flores, hojas y helechos. Tragaban y luego eructaban.

Saboreaban ramas, trozos de corteza y de bambú. Y volvían a eructar.

Mientras los gorilas desayunaban, comenzó a llover otra vez. Pero a ellos no les importaba.

A Annie tampoco parecía importarle. Ella y Bu-bu seguían jugando bajo la lluvia. Corrían alrededor de los árboles, riendo y chillando entusiasmadas.

Jack trató de seguirlas pero se dio por vencido. Estaba cansado y tenía frío. Temblando, se paró debajo de un árbol cubierto de musgo para no mojarse.

Con disimulo, sacó el libro e hizo una lista nueva:

los gorilas comen
flores
helechos
hojas de los árboles
ramas
corteza
bambú

De repente, al oír un gruñido suave alzó la vista.

Grandote estaba observándolo. El gran lomo plateado se encontraba parado cerca de Jack. Tenía el ceño fruncido y los labios apretados.

—¡Perdón! ¡Perdón! —dijo Jack. Y de inmediato guardó el cuaderno.

Grandote seguía mirando a Jack con enojo.

Rápidamente, Jack trató de actuar como un gorila. Se puso en cuatro patas. Arrancó una hoja de una planta y mordió un pedazo. Ésta era amarga como el vinagre. Luego hizo como que masticaba y tragaba y, por último, eructó.

Grandote resopló y se alejó de allí. Cuando Jack se quedó solo, escupió el pedazo de hoja.

—¡Puaj, puaj, puaj! —exclamó, limpiándose la lengua.

En ese momento, sintió una palmada en la espalda. Cuando se dio vuelta, vio a Ho-ho.

El pequeño gorila le ofreció una ramita.

—¡Oh, no, gracias, Ho-ho! —dijo Jack.

Ho-ho se quedó con la ramita en la mano.

—De acuerdo —agregó Jack. Suavemente, agarró la ramita y la guardó en la mochila—. La comeré después.

La madre de Ho-ho caminó hacia Jack y le acercó unas bayas a la boca.

—¡Oh, no, gracias! —dijo él.

La gorila se quedó mirándolo con tristeza.

—Está bien —añadió Jack. Abrió la boca y la madre de Ho-ho comenzó a alimentarlo.

Jack masticó las bayas. Al notarlas tan sabrosas, se sorprendió. Las tragó y luego eructó como un gorila. Pero esta vez era de verdad.

La madre de Bu-bu se acercó a Jack y le dio una planta con forma de taza, llena de agua de lluvia. Jack tenía mucha sed. El agua estaba fría y cristalina.

Luego, la madre de Bu-bu agarró a Jack de la mano y lo llevó junto a Annie y Bu-bu.

La pequeña gorila chilló de alegría al verlo. Estiró los brazos peludos y se abrazó a él.

—¡Hola! ¡Te extrañábamos! —le dijo Annie a su hermano—. ¿Te diviertes?

Jack sonrió y asintió con la cabeza.

En realidad, ahora sí estaba divirtiéndose. Ya no le preocupaba tanto la lluvia y no se sentía dejado de lado. Algunos gorilas habían empezado a aceptarlo. Parecían muy a gusto con él.

8

Un lenguaje especial

La lluvia había cesado. Lentamente, los gorilas fueron dejando de alimentarse.

Grandote llevó a su familia hacia el claro de la selva. El reflejo neblinoso del sol brillaba sobre los altos pastizales.

El gigante de lomo plateado se recostó sobre el suelo, con los brazos detrás de la cabeza.

Los demás gorilas se reunieron alrededor de él. Algunos golpeaban el pasto con fuerza para aplanarlo.

La madre de Ho-ho juntó tallos de maleza y armó una cama para su hijo. La madre de Bu-bu también armó una con hojas de los árboles, para que su hija descansara. Luego, armó dos camas más para Annie y para Jack.

Los dos se acostaron para dormir la siesta junto a los gorilas. Jack usó su mochila como almohada.

Recostado en su frondosa cama, observaba a la madre del gorila bebé mientras ésta le quitaba piojillos de la cabeza.

De pronto, el bebé se liberó de su madre y se puso a gatear por el pasto. La madre del pequeño dirigió la mirada hacia Annie. Se acercó a ella. Le agarró una de las trenzas y comenzó a estudiarla cuidadosamente.

—¿Qué haces? —preguntó Annie.

—Creo que busca piojillos —respondió Jack.

—¡Puajjj! —exclamó Annie.

Jack se echó a reír. En ese instante, la madre del bebé se le acercó.

—¡No, gracias, yo no tengo piojos! —dijo, y se puso de pie.

La madre gorila se acostó sobre el pasto y cerró los ojos. Su bebé se abrazó a Annie.

—Hola, Pequeño —dijo Annie con ternura. Y empezó a acariciarle la cabeza. El bebé le sonrió y cerró los ojos.

Mientras todos los gorilas dormían la siesta, Jack aprovechó para sacar el libro de la mochila. Cuando encontró el capítulo sobre gorilas, leyó para su hermana en voz baja:

Los gorilas son animales muy inteligentes. Koko, una gorila criada en cautiverio, fue capaz de aprender a comunicarse haciendo señas con las manos. Éste es un lenguaje especial utilizado por personas sordas.

—¿*Qué*? ¿Lenguaje de *señas*? ¿Un *len-*

guaje especial? —preguntó Annie.

Su voz despertó a Bu-bu y a Ho-ho. Los dos se incorporaron y se restregaron los ojos.

—¿Entonces? —preguntó Jack.

—¡La rima secreta de Morgana! —dijo Annie—. ¿No lo recuerdas? —Y repitió la rima:

Para hallar una magia especial
en mundos tan lejanos,
usa un lenguaje especial,
habla con el corazón y las manos.

—¡Oh sí! —respondió Jack.

—Yo sé algunas palabras en ese lenguaje —agregó Annie—. En la escuela aprendí a decir *"te amo"*.

Ella cerró el puño y alzó la mano. Levantó el pulgar, el dedo índice y el dedo meñique. Y le mostró la mano a Bu-bu y a Ho-ho.

—Te a-mo —dijo lentamente.

Los pequeños gorilas mostraron curiosidad.

Jack repitió la seña que había hecho su hermana.

—Te a-mo —dijo, mirando a Bu-bu y a Ho-ho.

Los dos gorilas se quedaron inmóviles. Luego, ambos alzaron una mano y trataron de repetir la seña.

—¡Ellos también nos aman! —dijo Annie.

—¡Caramba! —exclamó Jack mirando a Grandote.

¡El gigante de lomo plateado tenía los ojos sobre ellos! Jack cerró el libro de inmediato. Para su alivio el gorila se dio vuelta hacia otro lado.

—Bueno, creo que ahí tenemos la respuesta —dijo Annie con un suspiro.

—Hemos hablado en un lenguaje especial —agregó Jack—. Hemos hablado con el...

Antes de que pudiera terminar, Bu-bu le dio un empujón.

—¿Qué sucede? —preguntó Jack.

Ho-ho tenía los brazos extendidos por encima de la cabeza. Luego, retrocedió y corrió hacia Jack. Cuando se abalanzó sobre él, lo dejó tirado en el suelo.

—¿Pero qué está pasando? —preguntó Jack.

—¡Quieren jugar contigo! —explicó Annie.

Bu-bu saltó sobre Jack y lo agarró de la cabeza. Jack se liberó de los dos pequeños gorilas. Se paró de un salto y salió corriendo.

Bu-bu y Ho-ho corrieron detrás de él.

Annie los seguía con Pequeño en los brazos, riendo sin parar al ver a los gorilas correr detrás de su hermano.

Jack se escondió detrás de un árbol. Se acomodó los lentes y se quedó esperando a Bu-bu.

—¡Buuu! —gritó cuando la pequeña gorila se aproximó a él.

Bu-bu chilló con fuerza y dio un salto en el aire. Jack se desternilló de risa.

Pero la pequeña gorila ni siquiera sonrió. Se mordió el labio y se cubrió la cara con las manos.

—Bu-bu, no te asustes —dijo Annie.

Dejó al bebé en el suelo y corrió hacia la pequeña gorila.

Ésta se abrazó al cuello de Annie y escondió la cara.

—Jack sólo estaba jugando —dijo Annie.

Bu-bu levantó la cabeza y miró a Jack por encima del hombro de Annie.

—¿Amigos, Bu-bu? —preguntó Jack.

La pequeña gorila le sacó la lengua.

Jack se echó a reír. Bu-bu le devolvió la sonrisa mostrando todos los dientes.

—¡Amigos! —afirmó Jack.

Justo en ese instante, Ho-ho empezó a chillar. Annie y Jack alzaron la mirada. Ho-ho señalaba insistentemente hacia unos arbustos.

—¿Adónde ha ido Pequeño? —preguntó Annie. Ella y Jack corrieron hacia el matorral.

El bebé había ido gateando hacia un árbol. Y se quedó allí, inmóvil, mirando hacia arriba.

Sobre una de las ramas, había un enorme gato de pelaje negro y liso. Sus pálidos ojos verdes acechaban al pequeño gorila. Y se veía bastante hambriento.

—*Un leopardo negro* —dijo Jack en voz muy baja.

El leopardo dio un ágil salto y quedó cara a cara con Pequeño. El bebé se veía asustado.

—¡Nooo! —gritó Annie.

Corrió hacia el gorila y lo alzó.

El leopardo rugió fuertemente. Agachó la cabeza y empezó a avanzar hacia Annie.

Jack entró en pánico. No sabía qué hacer. Pero de pronto, recordó lo que había hecho Grandote. Tomó todo el aire que pudo y cuando lo soltó, emitió un penetrante chillido.

A toda velocidad avanzó hacia el leopardo, chillando y rugiendo como un verdadero gorila lomo plateado.

Agarró un palo y lo sacudió con fuerza. Arrancó las hojas de los árboles. Y luego, apretó los puños y empezó a golpearse el pecho.

—¡Graaaahhh! —rugió corriendo de un lado al otro enfrente del leopardo.

Finalmente, Jack se tiró al suelo y empezó a golpear el pasto con la palma de las manos.

Golpeaba y golpeaba sin parar.

—¡Jaaaaack! —gritó Annie.

Jack alzó la mirada.

—Ya se fue —dijo Annie más serena—. El leopardo se ha ido.

—¡Ohhh! —exclamó Jack.

Se sentó en el suelo.

Se acomodó los lentes. Miró a su alrededor y sonrió.

9

Adiós, gorilas

Jack no podía dejar de reír. ¡Había espantado a un leopardo!

Bu-bu y Ho-ho lo miraban fijo, con asombro. Annie también se quedó pasmada, observando a su hermano.

—¿Cuándo aprendiste a hacer *eso*? —preguntó ella.

Antes de que Jack contestara, se oyó un crujido en el matorral. De repente, Grandote apareció entre los arbustos.

El enorme gorila caminó silenciosamente hacia Annie. Tomó a Pequeño de los brazos de ella y se lo montó sobre el lomo. Luego, con suavidad, tocó la mejilla de Annie.

Ella lo miró sonriente.

Bu-bu y Ho-ho corrieron hacia Grandote y se aferraron a sus piernas.

El gorila gritó en dirección a los demás gorilas pequeños, para que se le sumaran.

Cuando pasó junto a Jack, Grandote se detuvo.

—*Hu, hu, hu* —dijo en voz baja.

Jack dio un paso hacia atrás.

Pero el gorila de lomo plateado le acarició la cabeza. Luego, el gigante y los gorilas pequeños se alejaron.

Jack se sintió tocado por una varita mágica.

—¡Increíble! —susurró—. ¿Viste lo que hizo?

—¡Sí! —respondió Annie—. Seguro que vio tu gran actuación. Está orgulloso de ti.

—Bueno, también está orgulloso de ti —agregó Jack con modestia.

Annie sonrió satisfecha.

—Creo que ya debemos irnos —dijo.

—¿Irnos? —preguntó Jack.

—Es hora de decir adiós —agregó Annie.

—¿Adiós? —preguntó Jack. Él no quería despedirse. Amaba a los gorilas. Eran realmente geniales.

—Sí —dijo Annie con voz suave—. Ya vámonos.

Y se puso en marcha hacia el claro de la selva.

Al llegar, encontraron a todos los gorilas despiertos. Algunos bostezaban y se desperezaban. Otros masticaban pasto u hojas de los árboles.

El bebé había vuelto a los brazos de su mamá. Bu-bu y Ho-ho estaban parloteando con sus madres.

"Tal vez están contándoles lo que hice", pensó Jack.

Él y Annie se pararon frente a Grandote. El resto de los gorilas se juntó alrededor de ellos.

—Debemos irnos —dijo Annie mirándolos a todos.

—Es hora de decir adiós —agregó Jack.

—Gracias por dejarnos ser parte de su familia —dijo Annie.

Jack y ella levantaron la mano y saludaron. Los gorilas se veían tristes. Murmuraban sonidos suaves sin parar.

Grandote alzó la mano como si quisiera saludar. Pero luego levantó el dedo pulgar, el dedo índice y el meñique.

"*Los amo*", dijo el gorila.

Jack no podía creer lo que veía.

—*Los amo* —respondió Annie con un suspiro.

Jack suspiró también.

El gorila de lomo plateado se quedó mirándolos por un largo rato, con ojos tiernos y tímidos. Después se dio vuelta y soltó un rápido chillido en dirección a su familia.

Todos los gorilas se pusieron en fila detrás de él. La madre del bebé abrazó a su pequeño con firmeza. Ho-ho se montó sobre la espalda de su madre. Bu-bu se agarró de la mano de su mamá.

El gigante de lomo plateado comenzó a alejarse del claro. El resto avanzaba detrás de él.

Bu-bu fue la única que se dio vuelta para saludar a Annie y Jack. Luego, desapareció en medio de los demás gorilas.

Jack no podía hablar. Tenía el corazón desbordado. De pronto, avanzó unos pasos en dirección a los gorilas.

—Eh... ¿adónde vas? —le preguntó Annie.

Jack le devolvió la mirada.

—La casa del árbol está por allá —dijo

Annie señalando en sentido contrario hacia donde se dirigía su hermano.

Jack suspiró. Se dio vuelta y comenzó a caminar detrás de Annie.

—¡Oh, no te olvides de esto! —dijo ella, agachándose para levantar del suelo la mochila de Jack.

—Gracias —contestó él.

—Y no te olvides de *esto* —agregó Annie, levantando la chaqueta de su hermano que estaba debajo de un árbol.

—Gracias —respondió Jack. Se ató la chaqueta a la cintura y siguieron caminando.

—Ah, y no te olvides de *todo esto* —dijo Annie mientras señalaba el paraguas y la linterna. Estaban sobre el pasto, debajo de las musgosas ramas de un frondoso árbol.

Annie recogió las cosas y las llevó ella misma.

Justo cuando llegaron a la escalera colgante, empezó a lloviznar otra vez.

Cuando entraron en la casa, los dos se asomaron a la ventana. Jack tenía la esperanza de captar una última imagen de la manada de gorilas.

Pero ya no pudo ver nada. Una blanca niebla cubría la selva nublada.

Annie agarró el libro de Pensilvania y señaló un dibujo en el que se veía el bosque de Frog Creek.

—Deseamos volver a casa —dijo.

De repente, se oyó un chillido jubiloso. El alegre sonido viajó a través de la niebla y la lluvia, directo al corazón de Jack.

Él abrió la boca para responder al llamado de los gorilas. Pero ya era demasiado tarde. El viento comenzó a soplar.

La casa del árbol empezó a girar.

Más y más rápido cada vez.

Después, todo quedó en silencio.

Un silencio absoluto.

10

Una magia especial

Clac-clac-clac.

Jack abrió los ojos.

El bosque de Frog Creek aún estaba oscuro y lluvioso.

—Estamos en casa —dijo Annie.

Jack suspiró.

—Ya los extraño —agregó.

—Yo también —dijo Annie—. ¿Tomaste muchas notas acerca de sus hábitos y su comportamiento?

Jack se encogió de hombros.

—Hice una lista de algunas cosas —contestó—. Pero no es suficiente. Hay que amar a los gorilas para conocerlos de *verdad*.

—Sí, tienes razón —afirmó Annie.

Jack abrió la mochila. Sacó el libro y lo puso en un rincón.

Después sacó la rama que Ho-ho le había dado. Sonriendo, miró a su hermana.

—Le prometí a Ho-ho que la comería más tarde. Pero me parece que tendríamos que dejársela a Morgana —comentó Jack.

—Buena idea. Será una prueba de que encontramos la magia especial —dijo Annie.

—Sí, la magia de los *gorilas* —agregó Jack.

—La magia de *todos* los animales —comentó Annie.

—Sí —dijo Jack.

Y puso la rama junto a los rollos de pergamino que habían traído de la vieja Inglaterra.

—Vamos —dijo Annie, dirigiéndose hacia la escalera. Jack levantó la mochila, guardó la linterna, agarró el paraguas y siguió a su hermana.

Juntos caminaron por el bosque de Frog Creek, que todavía estaba frío, oscuro y lluvioso.

Pero a Jack no le importaba. No se puso la chaqueta, no sacó la linterna de la mochila y tampoco abrió el paraguas.

Sentía como que ya no era completamente humano. Aún quedaba algo de gorila en él.

—*Ho, ho, ho* —exclamó, en voz baja.

—*Bu, bu* —respondió Annie.

—*Huh, huh, huh* —dijeron los dos a la vez.

MÁS INFORMACIÓN PARA TI Y
PARA JACK

Los gorilas son los ejemplares más grandes dentro de la clasificación de los *primates*. Luego siguen los chimpancés, orangutanes, gibones, babuinos, monos y humanos.

Estos animales viven en África y se dividen en tres grupos. Gorila occidental y gorila oriental, ambos de tierras bajas; y gorila de montaña. Éstos últimos, los más grandes, tienen pelaje más largo y mandíbula y dientes más prominentes.

El gorila de montaña vive en África oriental, en la cadena de volcanes conocida con el nombre de *Virunga*. Esta palabra significa "montaña solitaria que llega a las nubes".

Los gorilas se alimentan de todo tipo de plantas. Son principalmente *herbívoros*. Debido a que se desplazan constantemente no llegan a agotar el alimento existente en un área determinada. Un gorila de lomo plateado es capaz de consumir hasta 23 kilogramos de vegetación selvática en un sólo día.

ESPECIES EN EXTINCIÓN

El gorila es uno de los animales en peligro de extinción. De hecho, el que se encuentra bajo una amenaza mayor es el gorila de montaña. El número de ejemplares que aún vive en hábitat salvaje es menor a 880. Ningún gorila vive en cautiverio. Dian Fossey, una mujer que convivió veinte años con gorilas de montaña, durante toda su vida luchó intensamente para proteger a la especie.

LOS GORILAS Y EL LENGUAJE DE SEÑAS AMERICANO

Desde el año 1971, Koko, un gorila hembra de tierras bajas, ha formado parte del proyecto "lenguaje gorila", en la ciudad de California. Los animales de esta especie jamás serán capaces de hablar, ya que sus cuerdas vocales no pueden producir el tipo de sonidos necesarios, que sí logran realizar los seres humanos. Pero una mujer llamada Penny Patterson, le enseñó a Koko a utilizar el *Lenguaje de Señas Americano*. Una forma de comunicación en la que se realizan señas con las manos. Este lenguaje es utilizado principalmente por personas sordas. Koko ha aprendido a hacer más de 1000 señas y comprende alrededor de 2000 palabras en el idioma inglés. Con ella ha quedado demostrado que los gorilas poseen una inteligencia extraordinaria, además de tener pensamientos y emociones, al igual que los seres humanos.

Información acerca de la autora

Mary Pope Osborne es autora de muchas novelas, libros de cuentos, historias en serie y libros de no ficción. Su serie *La casa del árbol*, número uno en la lista de los más vendidos del *New York Times*, ha sido traducida a numerosos idiomas en todo el mundo. La autora vive en el noroeste de Connecticut con su esposo Will Osborne (autor de *La casa del árbol: El musical*) y con sus tres perros. La señora Osborne también es coautora de la serie Magic Tree House® Fact Trackers junto con su esposo y Natalie Pope Boyce, su hermana.

Annie y Jack llegan a Inglaterra donde
conocen muy de cerca a la reina Elizabeth I
y al famoso William Shakespeare.

LA CASA DEL ÁRBOL #25

Miedo escénico en una noche de verano

Annie y Jack se transportan al año 1621 y
celebran junto con los peregrinos el primer día
de Acción de Gracias con un gran banquete.

LA CASA DEL ÁRBOL #27

Jueves de Acción de Gracias

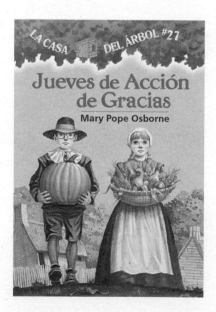

Annie y Jack viajan a las islas de Hawái
donde disfrutan de las grandes olas, hasta
que descubren que se acerca un tsunami.

LA CASA DEL ÁRBOL #28

Maremoto
en Hawái

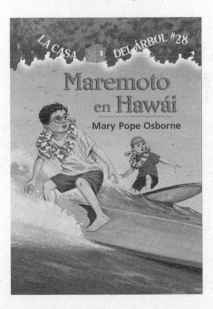

¿Quieres saber adónde puedes viajar en la casa del árbol?

La casa del árbol #1
Dinosaurios al atardecer
Annie y Jack descubren una casa en un árbol y al entrar,
viajan a la época de los dinosaurios.

La casa del árbol #2
El caballero del alba
Annie y Jack viajan a la época de los caballeros medievales y
exploran un castillo con un pasadizo secreto.

La casa del árbol #3
Una momia al amanecer
Annie y Jack viajan al antiguo Egipto y se pierden dentro de
una pirámide al tratar de ayudar al fantasma de una reina.

La casa del árbol #4
Piratas después del mediodía
Annie y Jack viajan al pasado y se encuentran con un grupo
de piratas muy hostiles que buscan un tesoro enterrado.

La casa del árbol #5
La noche de los ninjas
Jack y Annie viajan al antiguo Japón y se encuentran con
un maestro ninja que los ayudará a escapar de los temibles
samuráis.

La casa del árbol #6
Una tarde en el Amazonas
Annie y Jack viajan al bosque tropical de la cuenca del río
Amazonas y allí deben enfrentarse a las hormigas soldado y a
los murciélagos vampiro.

La casa del árbol #7
Un tigre dientes de sable en el ocaso
Jack y Annie viajan a la Era Glacial y se encuentran con los hombres de las cavernas y con un temible tigre de afilados dientes.

La casa del árbol #8
Medianoche en la Luna
Annie y Jack viajan a la Luna y se encuentran con un extraño ser espacial que los ayuda a salvar a Morgana de un hechizo.

La casa del árbol #9
Delfines al amanecer
Annie y Jack llegan a un arrecife de coral donde encuentran un pequeño submarino que los llevará a las profundidades del océano: el hogar de los tiburones y los delfines.

La casa del árbol #10
Atardecer en el pueblo fantasma
Annie y Jack viajan al salvaje Oeste, donde deben enfrentarse
con ladrones de caballos, se hacen amigos de un vaquero y
reciben la ayuda de un fantasma solitario.

La casa del árbol #11
Leones a la hora del almuerzo
Annie y Jack viajan a las planicies africanas. Allí ayudan a los
animales a cruzar un río torrencial y van de "picnic" con un
guerrero masai.

La casa del árbol #12
Osos polares después de la medianoche
Annie y Jack viajan al Ártico, donde reciben ayuda de un
cazador de focas, juegan con osos polares recién nacidos y
quedan atrapados sobre una delgada capa de hielo.

La casa del árbol #13
Vacaciones al pie de un volcán

Jack y Annie llegan a la ciudad de Pompeya, en la época de los romanos, el mismo día en que el volcán Vesubio entra en erupción.

La casa del árbol #14
El día del Rey Dragón

Annie y Jack viajan a la antigua China, donde se enfrentan a un emperador que quema libros.

La casa del árbol #15
Barcos vikingos al amanecer

Annie y Jack visitan un monasterio de la Irlanda medieval el día en que los monjes sufren un ataque vikingo.

La casa del árbol #16
La hora de los Juegos Olímpicos
Annie y Jack son transportados en el tiempo a la época de los antiguos griegos y de las primeras Olimpiadas.

La casa del árbol #17
Esta noche en el Titanic
Annie y Jack viajan a la cubierta del Titanic y allí ayudan a dos niños a salvarse del naufragio.

La casa del árbol #18
Búfalos antes del desayuno
Annie y Jack viajan a las Grandes Llanuras, donde conocen a un niño de la tribu lakota y juntos tratan de detener una estampida de búfalos.

La casa del árbol #19
Tigres al anochecer
Annie y Jack viajan a un bosque de la India, donde se
encuentran cara a cara con un tigre ¡muy hambriento!

La casa del árbol #20
Perros salvajes a la hora de la cena
Annie y Jack viajan a Australia donde se
enfrentan con un gran incendio. Juntos ayudan a varios
animales a escapar de las peligrosas llamas.

La casa del árbol #21
Guerra Civil en domingo
Annie y Jack viajan a la época de la Guerra Civil
norteamericana, donde ayudan a socorrer a los
soldados heridos en combate.

La casa del árbol #22
Guerra Revolucionaria en miércoles
Annie y Jack viajan a los tiempos de la colonia y acompañan
a George Washington mientras éste se prepara para atacar al
enemigo por sorpresa.

La casa del árbol #23
Tornado en martes
Annie y Jack viajan a la década de 1870 y conocen a una
maestra y sus alumnos con quienes viven una experiencia
aterradora.

La casa del árbol #24
Terremoto al amanecer
Annie y Jack llegan a California, en 1906, en el momento justo
del famoso terremoto de San Francisco que dejó la ciudad en
ruinas.